Restaurant

마르가리타의 모험 1

수상한 해적선의 등장

구도 노리코 글·그림 김소연 옮김

천개의바람

마르가리타

바닷가 레스토랑의 요리사 곰이에요.

손님들을 위해 매일 맛있는 음식을 만들지요.

장미 무늬 스카프를 좋아해서 항상 두르고 다닌답니다.

마르첼로

마르가리타와 함께 바닷가 레스토랑에서 일하는 꿀벌이에요.

매일 벌꿀을 모으고 꽃으로 레스토랑을 장식해요.

재주가 많아서 자수를 잘 놓고, 피리도 잘 불어요.

해적 선장

해적선을 지휘하고 해적들을 이끄는 대장이에요.
수염을 기르고 해적 모자를 쓴 모습이 위풍당당 멋지지요.
'해적의 규칙'을 아주 중요하게 생각해요.

해적 잭

노란 두건이 잘 어울리는 해적선의 막내 해적이에요.
누구에게나 친절하고 다정한 성격이에요.
그래서 많은 사람들의 사랑을 받아요.

여기는 바닷가 레스토랑.

마르가리타와 마르첼로의 가게랍니다.

마르가리타는 요리사.
아주 맛있는 음식을
매일 잔뜩 만들어요.

마르첼로는 아침마다 벌꿀을 모아요.
식탁보에 자수를 놓기도 하고,
꽃으로 예쁘게 장식하기도 하지요.

마르첼로는 피리를 멋지게 부는 연주가이기도 해요.
마르첼로의 아름다운 피리 선율과 함께
즐거웠던 하루가 저물어 갑니다.

쿵쿵, 쿵쿵쿵.

그날 밤,
마르가리타는 큰 소리에 잠에서 깼어요.
"이런 늦은 시간에 누구지? 음냐 음냐."

"우리는 해적이다. 먹을 걸 내놓아라."

공교롭게도 그날 밤에 남은 건 과일 조금 뿐이었지요.

해적은 눈 깜짝할 사이에 과일을 전부 먹어치우고 말했어요.

"잘 먹었어. 그런데 보물 같은 건 없나?"

"보물이라면 내 조리 도구지."

"미안하지만 우리가 좀 가져가야겠어.

이게 우리 해적들 일이라서 말이야……."

해적선은 마르가리타의 냄비를 몽땅 싣고

달밤 너머로 사라져 갔습니다.

아침이 되었어요.

"후아암~ 안녕, 마르가리타. 어라? 부엌이 텅 비었네."

"그래, 아무것도 없어서 아침밥을 만들 수가 없어."

구웅, 꼬르르륵.

"배고프다. 역시 보물을 돌려 달라고 해야겠어!"

그래서 둘은…….

영차

끙차

호잇차

엇차

"우리 배, '카사호'가 완성됐어.
조리 도구를 찾아 출발!"

카사호는 바닷바람에 돛을 부풀리며
파도 위를 달려갑니다.
"안녕, 갈매기야.
혹시 해적선을 보지 못했니?"

"봤어, 봤어, 저쪽에서."
망원경을 들여다보니…….

"있다, 저거야!"

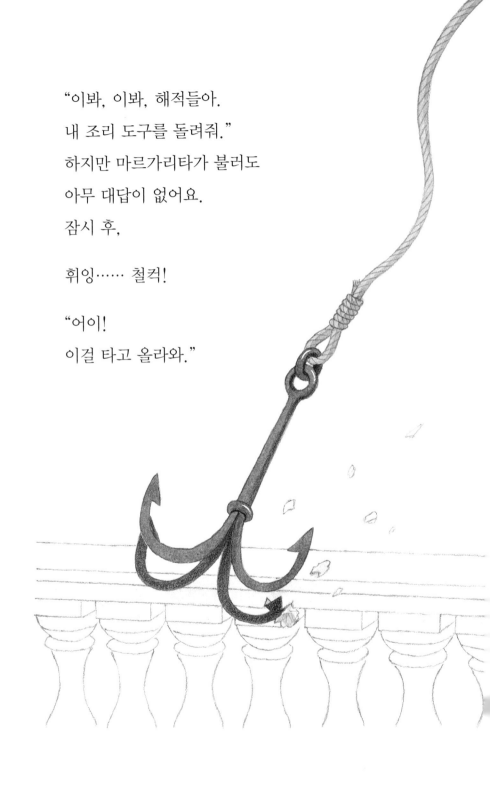

"이봐, 이봐, 해적들아.
내 조리 도구를 돌려줘."
하지만 마르가리타가 불러도
아무 대답이 없어요.
잠시 후,

휘잉…… 철컥!

"어이!
이걸 타고 올라와."

"끙차, 끙차. 영차, 영차."

"뭐야, 어젯밤의 그 꼬마잖아.
그래도 보물은 돌려줄 수 없어.
왜냐하면 이건 해적의 규칙이거든."

해적의 규칙

1

한번 받은 보물은
절대 돌려주면 안 된다.

2

해적선에 가까이 오는 배가 있을 경우,
배에 탄 사람을 붙잡아서
신입 해적으로 부려야 한다.

3

"규칙 2에 따라, 지금부터 너희 둘은
신입 해적으로 일해야 해. 너는 뭘 잘하지?"
"저는 피리를 잘 불어요."
마르첼로가 이렇게 말하자 해적은,
"그런 걸로는 안 되는데…… 그거 말고는?"
"벌꿀을 모으거나 꽃 장식을 할 수 있고,
자수도 잘해요."
"자수? 바느질을 할 줄 아는군. 좋았어.
배의 돛 수리 담당이다. 너는?"
"나는 요리를 잘해."
"좋아. 그럼 요리사로 결정."

구웅, 꼬르르륵.

마르가리타와 마르첼로의 배에서 소리가 났어요.
"그런데 배가 너무 고파……."

해적 선장은 둘을 식당으로 데려갔어요.
"모두 주목! 신입이 왔다.
잭, 아침 식사가 끝나면 이 둘한테
일을 가르쳐 줘."

구석에 있는 꼬마 해적이 싱긋 웃으며 말했어요.
"안녕, 나는 잭이야. 그런데 너 말이야,
스카프는 머리에 두르는 게 더 멋있어!"

"자, 둘 다 여기에 앉아서 먹어."
"잘 먹겠습니다.
아득아득, 까득까득.
이거, 별로 맛이 없네."
"하하하. 이건 말이지, '해적 비스킷'이야.
식량이 없을 때는 이걸 먹으면서 참아야 하지."
잭은 부엌에서 마르가리타에게 비스킷 만드는 방법을
가르쳐 준 다음, 마르첼로를 데리고 다른 방으로 갔어요.

그런데 부엌이 엉망이군요.

마르가리타는 우선 청소부터 하기로 했어요.

"아, 내 조리 도구다!

그럼 다른 물건들도 전부 누군가의 보물이었던 걸까?

응? 이 자루는……?

맛있어 보이는 땅콩이랑 말린 과일이 가득 들었어!"

마르첼로와 잭은 재봉실로 갔어요.

"마르첼로 너는 찢어진 돛이랑 깃발을 꿰매 줘."

"와, 커다란 돛이네! 식탁보 열 장은 될 것 같아."

"그럼 부탁해. 나는 다른 할 일이 있어서."

잭은 바쁜 듯이 떠났어요.
마르첼로는 금세 수선을 마친 다음,
"더 꿰맬 게 없을까?"
부웅부웅 주위를 날아다니며 찾아보았어요.
"아, 이 천은 비단이네. 매끈매끈하게 빛나.
와, 이 돌은 뭘까? 정말 예쁘다……."

이윽고 배가 작은 후미에 도착했어요.
"자, 다들 상륙! 신입 둘은 배를 지켜 줘."

"마르가리타, 우리는 잠깐 저 언덕 위에 가 보자."
"그래, 가 보자."
둘은 언덕에 올라 바구니 가득 꽃을 따서……

해적선 이곳저곳을 꽃으로 장식했어요.
배 전체가 좋은 향기로 가득하네요.
마르가리타가 말했어요.
"이제 간식을 먹을까? 이거 먹어 봐.
내가 특별히 만든 비스킷이야!"

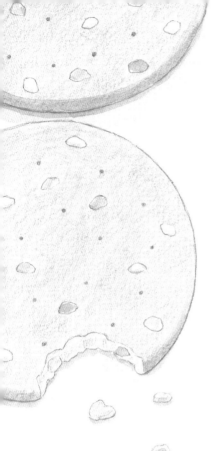

"바삭, 우물우물. 와, 맛있어!"
"땅콩이랑 말린 과일을 찾았거든.
그걸 듬뿍 섞어서 구워 보았지."
"나도 아까 좋은 걸 찾아서
멋진 깃발을 만들어 봤어.
그게 말이지……."

그때였어요.
"크, 큰일났다!"
해적들이 쿵쾅 쿵쾅
발소리를 내며 황급히 돌아왔어요.

"닻을 올려라!
하…… 하……
어서 빨리 출항!
헉…… 헉…… ."
"왜 그렇게 허둥거리는 거야?
무슨 일이 있어?"
"잭이, 잭이 붙잡혔어!!"

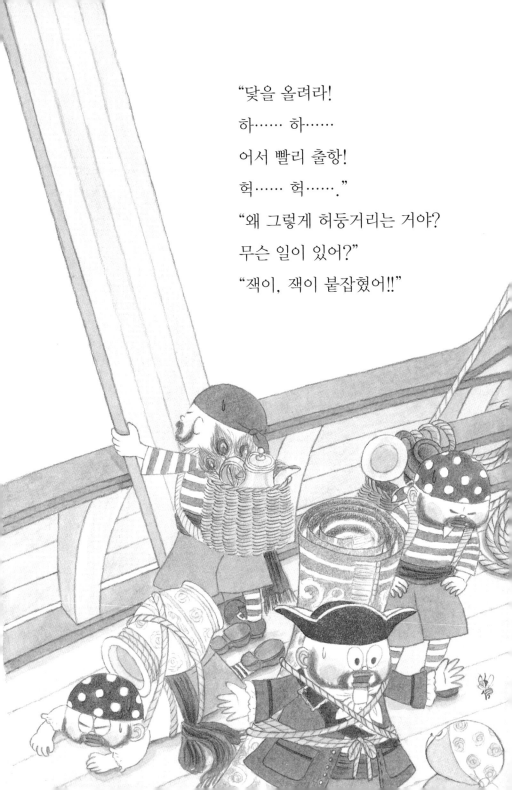

"평소처럼 일을 마치고 돌아오는 길이었어.
갑자기 마을 사람들이 쫓아오기 시작했지.
우리는 열심히 뛰어서 도망쳤지만 잭이……
넘어지는 바람에…….."

"가여운 잭, 지금쯤 혼자 감옥에서⋯⋯."

"우아앙, 잭!"

"울지만 말고 당장 구하러 가야지!"

"안 돼. 그랬다간 잭을 구하기는커녕 모두 붙잡히고 말 거야."

"그럼 보물을 전부 돌려주고 사과하자!"

"그것도 안 돼. 규칙을 잊었어?

'보물은 절대 돌려주면 안 된다.'

만일 규칙을 어기면 그 순간⋯⋯."

"바다 도깨비가 나타나,

한 사람도 남김없이 통째로 삼켜 버릴 거라고!!"

"그럼…… 어떻게 하지?"
해적들은 그저 엉엉 울 뿐.
마르가리타와 마르첼로는 열심히 생각하고 또 생각했어요.

"이렇게 하면 어떨까?
자, 다들 그만 울고 날 도와줘!"

마르가리타는 땅콩과 말린 과일을 가득 넣고
맛있는 비스킷을 산더미처럼 만들었어요.

마르첼로는 비단 천에 예쁜 돌을 꿰매어서
멋진 손수건을 잔뜩 만들었고요.

"됐다! 그럼 다녀오겠습니다."
해적들은 새파랗게 질려서 물었어요.
"그 꾸러미로 뭘 어쩌려고?
둘 다 붙잡히고 말 거야!
도깨비도 나올 거야!"
마르가리타와 마르첼로는 아랑곳하지 않고
카사호에 올라탔어요.
"서둘러. 잭이 붙잡혀 있어!"

"해적이라는 걸 들키지 않도록
스카프는 이렇게 해야겠다."
마르가리타는 머리에 썼던 스카프를 목에 둘렀어요.

마을에 도착한 마르가리타와 마르첼로는
집마다 들러 꾸러미를 나누어 주고 다녔어요.
수레가 완전히 비었을 때였어요.
"우는 소리가 들려. 이 목소리는…… 잭이다!"

"잭!!"

잭은 마을 변두리의 감옥에서 외롭게 울고 있었어요.

"앗! 마르가리타, 마르첼로!"

"널 구하러 왔어. 자, 이거 먹고 힘내!"

그 무렵 마을에서는…….

"응? 이 꾸러미는 뭘까?"

"비스킷이야. 와, 진짜 맛있는걸!"

"이 손수건도 예쁘네. 이건 설마……

보석이야! 진짜 보석! 대체 누가?"

"편지가 들어 있어. 어디 보자…….”

해적이 드리는 선물입니다.
선물과 잭을 교환하고 싶어요.
부디 잭을 풀어 주세요.

"어떡하지?"
"해적에게 항아리를 빼앗겼지만 이 보석 하나면
똑같은 항아리를 훨씬 더 많이 살 수 있어."
"나도 융단을 빼앗겼는데, 마찬가지야. 게다가 슬슬
다른 색으로 바꾸려던 참이라 잘된 것 같기도 하고."

모두 같은 생각을 했기 때문에 잭을 풀어 주기로
결정했어요.
"선물 잘 받았어. 그런데 꼬마 해적들아,
한 가지 상의할 게 있는데……."

그 무렵, 해적선에서는…….

"마르가리타와 마르첼로는
어떻게 되었을까?"
"아직 도깨비는 보이지 않는데."
"앗! 보인다!"

"와, 잭이다! 잭을 구했어!
'여기야, 여기!' 하면서
우리를 부르고 있어!"

"잭!"

"고마워, 마르가리타, 마르첼로. 도깨비는 나타나지 않았어."

마르가리타가 말했어요.

"그런데 말이야, 사람들이 좀 더 교환을 하자고 하는데?"

사람들은 사용하지 않는 물건이나 채소,
포도주 같은 것을 들고 후미에 모였어요.

해적들은 하나하나 찬찬히 살펴보고
적당한 보석과 교환했지요.

아이들은 유리구슬이나 조개껍질,
꽃다발 같은 것을 가져와서
맛있는 비스킷과 바꾸어 갔고요.

"해적들아 고마워.
덕분에 필요 없는 물건들을
정리할 수 있었어."
"우리야말로 잭을 돌려보내 줘서 고마워."

잭은 마르첼로가 만든 깃발을 돛대 꼭대기에 걸었어요.

"그럼 해적선, 출항!"

"잭을 구해 줬으니 너희 둘은 이제 신입이 아니야.
소중한 우리의 친구지.
**'해적의 규칙 3, 소중한 친구에게는
무엇이든 원하는 것을 선물해야 한다.'**
자, 어떤 걸로 할래?"

마르첼로는 망설이고 망설인 끝에,
"나는 이걸로 할래!"
하얗고 커다란 소라 껍질을 골랐어요.
"그럼, 마르가리타는?"
마르가리타가 서둘러 부엌에서 나오면서 말했어요.
"나는 이걸로 할래!"

자, 오늘 밤은 파티예요!
식탁을 갑판으로 옮기고, 돛을 만들고 남은 천을
식탁 위에 깐 다음 꽃으로 장식해요.

"아아, 기쁘다, 즐겁다. 건배! 소중한 친구를 위해!"
"건배, 건배!"

"내일 아침에 너희들을 눈의 나라에 내려 줄 거야.
거기에서 집으로 돌아갈 수 있을 거래."
"그래. 잭, 우리는 앞으로도 친구지?"
"응. 앞으로도 계속 친구야."
마르첼로의 아름다운 피리 소리가
파도 사이로 흘러갔어요.

헤어지는 날 아침이에요.

"여기서 눈길을 따라 똑바로 가면 큰 강이 나와.

그 강을 따라가면 원래 있던 바닷가로 돌아갈 수 있어."

해적들은 긴 판자를 깎아서 카사호를

썰매로 만들어 주었어요.

준비가 다 끝났어요.
마르가리타는 좋아하는
화분 하나를 건네며 말했어요.
"자, 내 보물이야."
해적들은 당황했지요.
"아니야, 마르가리타. 이제 네 보물은⋯⋯."
"아니, 이건 선물이야.
소중한 친구인 너희들에게 주는 선물!"

"안녕,
다시 만날 날까지 안녕!"

썰매가 된 카사호는 차가운 바람에 돛을 부풀리며
은빛 세계를 달려갑니다.
앞으로 어떤 모험이 둘을 기다리고 있을까요?
그 이야기는 다음에 다시……

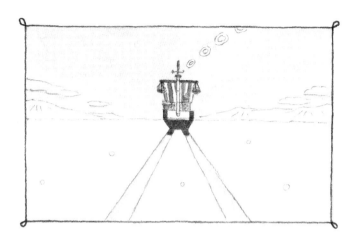

글·그림 **구도 노리코**

1970년 가나가와현에서 태어났습니다.
여자미술대학 단기대학부 졸업 후. 귀엽고 개성 넘치는 캐릭터들의
아기자기한 이야기를 그리는 그림책 작가로 활약 중입니다.
쓰고 그린 책으로는 〈우당탕탕 야옹이〉 시리즈. 〈삐악 삐악〉 시리즈.
〈펭귄 남매랑 함께 타요!〉 시리즈 들이 있습니다.

옮긴이 **김소연**

일본 문학 전문 출판기획자 및 번역가로 활동하고 있습니다.
옮긴 책으로 〈엄마가 미운 밤〉. 〈그 소문 들었어?〉.
〈졸려 졸려 크리스마스〉. 〈숲속의 곤충 씨름〉 들이 있습니다.

마르가리타의 모험

마르가리타의 모험 1 수상한 해적선의 등장

바닷가에서 레스토랑을 하는
곰 마르가리타와 꿀벌 마르첼로.
둘은 어느 날 나타난 해적들에게
조리 도구를 몽땅 빼앗겨요.
요리를 할 수 없게 된 두 친구는 레스토랑을
멋진 배로 바꾸어 해적선을 찾는 모험을 시작합니다.
마르가리타와 마르첼로는 빼앗긴 조리 도구를
되찾을 수 있을까요?

마르가리타의 모험 2 사라진 봄의 여신

해적선에서 내려 눈의 나라에 도착한
곰 마르가리타와 꿀벌 마르첼로.
차가운 겨울바람 때문에 마르가리타가
쿨쿨 겨울잠에 빠지고 말았어요.
마르가리타를 깨울 방법은 봄을 불러올
봄의 여신을 찾는 것뿐.
마르첼로는 수수께끼투성이 헤맴의 숲을 지나
봄의 여신을 찾을 수 있을까요?

마르가리타의 모험 3 기묘한 마법 사탕

눈의 나라를 지나 집으로 향하는
곰 마르가리타와 꿀벌 마르첼로.
그런데 갑자기 봄의 여신에게서 받은
마법 호두가 열리더니
신비한 사탕이 튀어나왔어요.
데굴 데굴 데굴 꿀꺽.
용기를 내어 사탕을 삼킨 마르가리타에게
어떤 깜짝 놀랄 일이 일어날까요?

마르가리타의 모험1 수상한 해적선의 등장

펴낸날 개정판 1쇄 2024년 11월 25일

글·그림 구도 노리코 | **옮김** 김소연
편집 김다현 | **디자인** 김윤희 | **홍보마케팅** 이귀애 이민정 | **관리** 최지은 강민정
펴낸이 최진 | **펴낸곳** 천개의바람 | **등록** 제406-2011-000013호
주소 서울시 영등포구 양평로 157, 1406호
전화 02-6953-5243(영업), 070-4837-0995(편집) | **팩스** 031-622-9413
ISBN 979-11-6573-554-8, 979-11-6573-553-1(세트) 74830

· 이 책의 한국어판 저작권은 신원 에이전시를 통해 아카네 쇼보사와 독점 계약한 천개의바람에 있습니다.

· 이 도서의 국립중앙도서관 출판시도서목록(CIP)은 서지정보유통지원시스템 홈페이지(http://seoji.nl.go.kr)와
  국가자료공동목록시스템(http://www.nl.go.kr/kolisnet)에서 이용하실 수 있습니다. (CIP 제어번호 : CIP 2019013483)

＊잘못 만든 책은 구입하신 서점에서 바꾸어 드립니다. 천개의바람은 환경을 위해 콩기름 잉크를 사용합니다.

＊종이에 베이거나 긁히지 않도록 조심하세요. 책 모서리가 날카로우니 던지거나 떨어뜨리지 마세요.

제조자 천개의바람 **제조국** 대한민국 **사용연령** 5세 이상